I0817023
Animales de la Selva Amazónica
El carpincho
Katie Gillespie
EYEDISCOVER

**Ve a www.eyediscover.com e ingresa el código único de este libro.**

**CÓDIGO DEL LIBRO**

**AVZ43273**

**EYEDISCOVER** te trae libros mejorados por multimedia que apoyan el aprendizaje activo.

Published by AV² by Weigl
350 5th Avenue, 59th Floor New York, NY 10118
Website: www.eyediscover.com



Library of Congress Control Number: 2018942821

ISBN 978-1-4896-8237-6 (hardcover)

Printed in the United States of America
in Brainerd, Minnesota
1 2 3 4 5 6 7 8 9 0 22 21 20 19 18

052018
011618

English Editor: Katie Gillespie
Spanish Editor: Ana María Vidal
Designer: Mandy Christiansen
Spanish/English Translator: Translation Services USA

Weigl acknowledges Getty Images, iStock, and Minden as the primary image suppliers for this title.

EYEDISCOVER proporciona contenido enriquecido, optimizado para el uso en tabletas, que complementa este libro. Los libros de EYEDISCOVER se esfuerzan por crear un aprendizaje inspirado e involucrar a las mentes jóvenes en una experiencia de aprendizaje total.

**Mira**
El contenido de video da vida a cada página.

**Navega**
Las miniaturas simplifican la navegación.

**Lee**
Sigue el texto en la pantalla.

**Escucha**
Escucha cada página leída en voz alta.

## Tu EYEDISCOVER con Seguimiento de Lectura Óptico cobra vida con...

**Audio**
Escucha todo el libro leído en voz alta.

**Video**
Los videos de alta resolución convierten cada hoja en un seguimiento de lectura óptico.

**OPTIMIZADO PARA**

- TABLETAS
- PIZARRAS ELECTRÓNICAS
- COMPUTADORES
- ¡Y MUCHO MÁS!

# El carpincho

En este libro, aprenderás sobre

- cómo me veo
- dónde vivo
- qué como

¡y mucho más!

Yo soy un carpincho.

Yo soy el roedor más grande de la tierra. Mi pelaje puede ser marrón, amarillo, rojo o gris.

Me llamaban cachorro cuando era bebé. Parecía un conejillo de indias.

Vivo con mi familia en un grupo llamado manada.

Escondo la mayor parte de mi cuerpo bajo el agua. Esto me mantiene fresco y seguro.

Mis patas palmeadas
me ayudan a nadar.

Mis dientes nunca
dejan de crecer.
Son muy largos y agudos.

Las plantas de agua
y el pasto son mis
comidas favoritas.

Necesito un hogar cerca del pasto y el agua.

# CARPINCHOS EN NÚMEROS

Los carpinchos se alimentan por la **mañana** y por la **tarde**.

Los carpinchos mastican su comida en un movimiento de **lado a lado** como el camello.

Los cachorros beben la **leche de su madre** durante las primeras **16 semanas de vida**.

Un carpincho tiene 3 dedos **palmeados** en cada pata delantera y 4 en cada pata trasera.

Hay entre **10 y 30** carpinchos en cada manada.

Los carpinchos viven en áreas **pantanosas**, cubiertas de **pasto** y en bosques tropicales en **Centro** y **Sur América**.

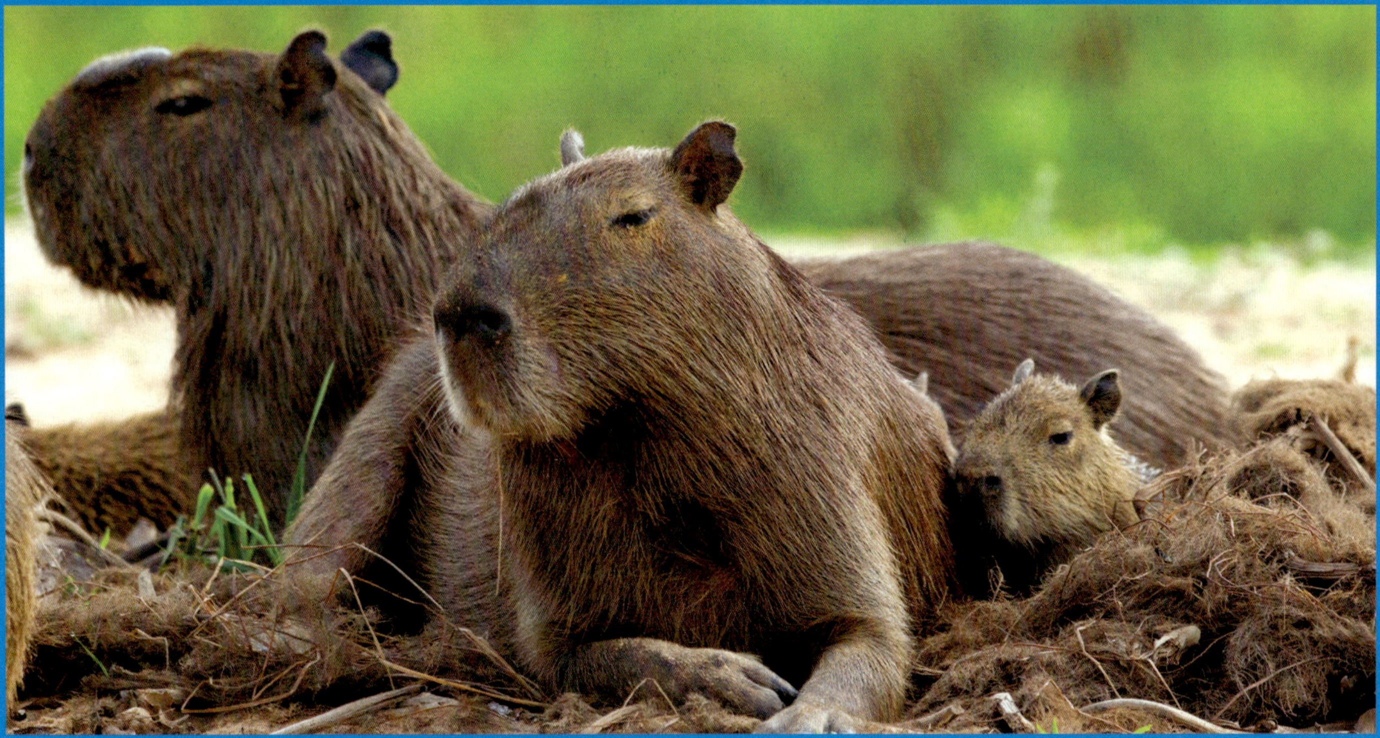

**Mira**
El contenido de video da vida a cada página.

**Navega**
Las miniaturas simplifican la navegación.

**Lee**
Sigue el texto en la pantalla.

**Escucha**
Escucha cada página leída en voz alta.

**Ve a www.eyediscover.com e ingresa el código único de este libro.**

**CÓDIGO DEL LIBRO**

AVZ43273